Ye

85256

LA FÊTE

DU LOUISÉE, (1)

25 Août 1789;

OU

CHANT

D'UN PERE DE FAMILLE,

Érigeant ce jour, dans son jardin, un Buste de LOUIS XVI.

» *Peuples, mêlez vos voix aux accords de ma lyre :*
» *Chantons LOUIS, chantons ses bienfaits, son Empire.*

---

(1) Ce Louisée est situé proche le Havre, au nord de la grande route, vis-à-vis la nouvelle Chaussée & promenade de la Ville, suivant les plans arrêtés les 7 Juillet & 9 Août 1787, par les sieurs Lamandé & la Milliere, & depuis par Sa Majesté elle-même. Le Buste de LOUIS XVI y sera vu du Public.

LA FÊTE
DU LOUISÉE,

25 Août 1789 ;

O U

CHANT D'UN PERE DE FAMILLE , [2]

Erigeant ce jour, dans son jardin, un Buste de
LOUIS XVI.

Premiere Strophe.

Doux objets de mes soins, mes plus cheres délices,
O Mere que du Ciel me laisse la faveur ;
Epouse , choix heureux de ma premiere ardeur ;
Enfans , d'un tendre hymen , fruits nombreux & propices;
Au gré de mon envie assemblés près de moi,
Dans ce jardin que j'offre à vos loisirs paisibles :
Lorsque je vais l'orner d'un Buste de mon Roi,
Livrons-nous au transport de nos ames sensibles.
Par un hymne nouveau , tribut de notre amour,
    Solemnisons ce mémorable jour :
    Mêlez vos voix aux accords de ma lyre ;
Chantons Louis , chantons ses bienfaits , son Empire.
    (*La Famille.*)
Environnons le Buste ornement de ces lieux ;
Rendons hommage au Roi qu'il retrace à nos yeux ;
    Mélons nos voix aux accords de la lyre ;
Chantons Louis , chantons ses bienfaits , son Empire.

---

(2) La famille de l'Auteur est composée de sa mere , de
son épouse , & de DIX enfants.

A 2

IIe.

Roi Pacificateur de la terre & des mers, (3)
Louis ! vois à tes pieds ton Peuple & l'Univers.
Nos beaux jours s'éclipſoient, le deuil couvroit la France,
Tu parus ! devant toi marcha la bienfaiſance : (4)
Le pouvoir vit tomber ſon preſtige pervers.
La loi ſe releva triomphante & plus belle ;
Tu voulus le retour de ſon appui fidele.
Dès-lors, de bouche en bouche, élancé dans les airs,
Ton nom fut couronné d'une gloire immortelle,
    Et répété parmi les noms chéris
    Des Salomons, des Titus, des Henris.

(La Famille.)

Louis ! fois couronné d'une gloire immortelle :
Tu rends aux loix leur force & leur appui fidele.
Roi Pacificateur de la Terre & des Mers,
    Vois à tes pieds la France & l'Univers.

---

(3) La pacification de l'Europe & de l'Amérique, avec
la liberté des Mers, dues à Louis XVI.

(4) La remiſe du droit de joyeux-avénement, & le rappel
des Parlements en 1774.

IIIe.

Tout prend un nouvel être à ta voix fouveraine :
Tu parles, & foudain les arts reffufcités,   (5)
D'un Peuple induftrieux, rempliffent nos Cités.
D'un vil ferf dans fon champ ne traînant plus la chaîne,
L'humble Cultivateur refpire en liberté ; (6)
Et fes fils ne font plus chaffés de fon domaine.
La timide innocence exalte ta bonté ;
Elle n'eft plus livrée au tourment effroyable,   (7)
Qui lui fit dire, hélas ! » frappez.... je fuis coupable. «
Confolé, fecouru dans fon adverfité ,   (8)
L'Indigent rompt fon pacte avec l'oifiveté.
Et dans nos murs Rachel, rendue à l'efpérance,
Voit fes filles chérir, dès leur pénible enfance ; (9)
De folides vertus, un affidu travail ;
Grace au Pafteur zèlé qui leur ouvre un bercail,
Au Roi compatiffant qui les y favorife,
Aux pieux Citoyens dont la fage entremife
Fait tomber chaque jour, fur des effaims nombreux,
Une douce rofée & la manne des Cieux.

(La Famille.)

Toujours devant Louis marche la Bienfaifance ;
A rendre heureux fon Peuple il met fa vigilance.
Publions à l'envi les traits de fa bonté :
Que fon nom, en tous lieux, foit fans ceffe exalté.

---

(5) La réforme des Communautés d'arts & métiers.

(6) La fervitude abolie dans les Domaines de Sa Majefté.

(7) L'ufage de la Queftion préparatoire fupprimé.

(8) Les attéliers de charité & autres fecours ouverts à l'indigence.

(9) En 1761 la Société des Dames de la Miféricorde du Havre, ouvrit une Ecole gratuite de travail pour les jeunes filles indigentes, qui doit fa continuation principalement à un bienfait que renouvelle tous les ans M. le Cardinal de la Rochefoucauld , Arch. de Rouen. L'année derniere, on a conftruit le bâtiment de cette Ecole, pour lequel S. M. a ordonné qu'on tirât de fa Marine les bois néceffaires ; & le 22 Avril, on a chanté une Meffe folemnelle pour la confervation des jours de ce Souverain.

Tous les matins, dans la principale Eglife, une Dame de la Ville fait la quête ; & les fecours de cette Société , en diftribution de deniers , vêtements , pain & bouillon , font tels que cette Ville, quoique confidérable en population, n'a point de mendians.

A 3

IVe.

FORTUNÉS Habitants de la riche Province, (10)
Où les cœurs ont volé fur les pas de LOUIS ;
Nous avons contemplé l'augufte front du Prince ,
Qui nous donna pour Duc le fecond de fes Fils....
Vainqueur de la nature , Art dominant , ta gloire (11)
Va faire l'entretien des filles de Mémoire.
LOUIS voi ton prodige , admire tes fuccès.
Cherbourg , plus fpacieux , de plus facile accès ,
Recevra nos vaiffeaux amis de la victoire.
Art fublime & dompteur des flots impétueux ,
Change en afyle fùr leur fein tumultueux.

(*La Famille.*)

Nous l'avons vu , ce Roi , notre amour , nos délices !
Que fon Fils , notre Duc, croiffe en des jours propices!
O fuccès , couronnez nos travaux & nos vœux !
Et que Cherbourg de l'art foit le triomphe heureux.

---

(10) Voyage du Roi à Cherbourg & dans la Normandie , en Juin 1786.

(11) Les grands travaux du port & de la rade de Cherbourg.

Ve.

QUE le Trident s'uniſſe au ſceptre de la France,
    LOUIS , des mers , limite la puiſſance :
        Et déjà ſes ſoins généreux
        Ont loin de nous écarté les naufrages.
A travers les écueils , le Nocher courageux ,
La nuit comme le jour , vogue dans nos parages : (12)
Une *Etoile Terreſtre* y fixe ſa clarté.
PHARES ! brillants rivaux des deux freres d'Hélene ; (13)
      Du PHILADELPHE de la Seine ,
Votre éclat préſagea l'ardente humanité.

       (*La Famille.*)

PHARES ! brillants rivaux des deux freres d'Hélene ;
De vos utiles feux la naiſſante clarté ,
      Du Philadelphe de la Seine ,
      Nous préſagea l'ardente humanité.

---

(12) Les deux Phares du Havre & ceux de la Normandie allumés le premier Novembre 1775. -- L'Auteur a fait ſur leur érection à l'avénement de LOUIS XVI , deux Odes qu'il a publiées en 1786 ; l'une latine , qui a remporté le prix à Caen le 8 Décembre de la même année 1775 ; l'autre françaiſe , couronnée à Rouen en 1777.

(13) Ce beau nom de *Philadelphe* a été porté par Ptolomée , qui fit élever le fameux Phare d'Alexandrie. De plus juſtes titres l'ont fait décerner à d'autres Rois.

8

VIe.

REGNE avec mon AUGUSTE, âge heureux, dont Virgile
Fit célébrer la paix aux Mufes de Sicile.
Peuples, applaudiffez : LOUIS pefe vos droits ;
LOUIS eft devenu l'arbitre de vos Rois. (14)
Toi qu'altéré de fang & fans frein dans fa rage,
Alexandre chercha pour couvrir de carnage :
Toi qui, devant fubir de tyranniques loix,
Demande que LOUIS feconde ton courage,
Monde-nouveau : triomphe, & fois libre à fa voix.
ESCAUT, reprends ton cours fous un Ciel fans nuage ;
LOUIS de ton Batave affermit les remparts :
Les foudres que fur eux eût fait tomber l'orage,
Sont pofés près des LYS par l'Aigle des Céfars.
LYS protecteurs, parez le fein de la Neuftrie ;
Et, dans fes ports ouverts même aux fiers Léopards,
  Prêtez votre luftre aux beaux arts ;
Symboles de candeur, affurez l'induftrie.

(*La Famille.*)

LYS protecteurs, parez le fein de la Neuftrie ;
Et, dans fes ports ouverts même aux fiers Léopards,
  Prêtez votre luftre aux beaux arts ;
Symboles de candeur, affurez l'induftrie.

---

(14) Les différents traités avec les Puiffances, principalement l'alliance avec les Etats-Unis de l'Amérique. — La
paix entre l'Empereur & la Hollande en 1785, par la mé-
diation & fous la garantie de LOUIS XVI. — Les traités de
commerce avec la Hollande en 1785, avec l'Angleterre en
1786, &c.

VIIe.

LIEUX qui m'avez vu naître & que chérit Tiphis ;
Floriffante Cité qu'éleva dans fa gloire (15)
Ce Monarque , l'honneur des Lettres & des Lys ,
Couronné de lauriers vers Marignan cueillis :
Ce Valois, ce Héros qu'au temple de Mémoire
Placerent , jeune alors , Bayard & la Victoire :
Qui vous donna fon nom , qui connut votre prix :
HAVRE HEUREUX , digne objet des faveurs de LOUIS :
Devenez un rayon de fa magnificence ;
De la fuperbe Tyr étalez l'opulence
Et l'appareil pompeux des flottes de Tharfis.
     O vaiffeaux des deux hémifpheres,
Que LOUIS l'nn de l'autre a rendus tributaires :
Raffemblés fur la Seine & l'Océan unis ,
Enrichiffez nos bords & peuplez-les d'amis !
     (*La Famille.*)
     O Vaiffeaux des deux hémifpheres,
Que LOUIS l'un de l'autre a rendus tributaires ;
Raffemblés fur la Seine & l'Océan unis ,
Enrichiffez nos bords & peuplez-les d'amis !

---

(15) L'agrandiffement du port & de la Ville du Havre-de-Grace, appellée du nom de François premier fon fondateur , *Ville Françoife.* Ce Prince , furnommé *le Pere des Lettres*, la fit bâtir fur la fin de 1515 , au retour de la bataille de Marignan , qu'il gagna contre les Suiffes après deux jours de combat, où il fit des prodiges de valeur. Ie Maréchal de Trivulce , qui s'étoit trouvé à dix-huit batailles, dit que celle-ci étoit un combat de géants & les autres des jeux d'enfant. Ce fut après cette victoire que François premier, âgé de 21 ans, voulut être fait Chevalier de la main de Bayard , près de qui il avoit combattu. — *Voyez le Préfidens Hénault , &c.*

VIII.ᵉ

REVENEZ parmi nous , familles fugitives , (16)
Que l'effroi difperfa fur de lointaines rives ;
Quittez ces lieux d'exil , ces climats étrangers ;
Revenez habiter vos antiques foyers.
Hâtez votre retour , préparez-en les fêtes ;
Reprenez vos doux luths , de fleurs ornez vos têtes :
Sous un regne équitable & fécond en bienfaits ,
Ramenez à LOUIS de fideles fujets.
Souvent , de vos malheurs en retraçant l'hiftoire ,
Vous laiffiez échapper ces vœux & ces regrets :
» Oui , la France eft toujours chere à notre mémoire :
» En foupirant vers elle & même aimant à croire
» Qu'elle ne peut nous être interdite à jamais ;
» Nous vivons , nous mourons , avec un cœur français. "

[La Famille.]

REVENEZ parmi nous , familles fugitives ,
Que l'effroi difperfa fur de lointaines rives :
Sous un regne équitable & fécond en bienfaits ,
Ramenez à LOUIS de fideles fujets.

---

(16) Le retour des Réfugiés que fait efpérer l'Edit de la
tolérance civile , rendu en Novembre 1787.

IXe.

MA lyre a fous mes doigts treffailli d'allégrefle. (17)
Chants d'amour, redoublez.... coulez, pleurs de tendreffe,
Au fpectacle touchant qui frappe mes regards.
Difcutant les abus d'un régime arbitraire,
Les Français près du Trône environnent leur Pere.
Prenez un *libre* effor , brillez de toutes parts ,
Patriotiques mœurs & vertus populaires :
Louis veut vous connoître , il vous ouvre fon cœur.
Au gré de fes défirs , Comices tutélaires,
Dans vos nobles travaux entrepris pour vos freres ,
Faites naître & jaillir les fources du bonheur !

(*La Famille.*)

PATRIOTIQUES mœurs & vertus populaires ;
Louis veut vous connoître , il vous ouvre fon cœur.
Dans vos nobles travaux, Comices tutélaires,
Faites naître & jaillir les fources du bonheur !

____

(17) L'Affemblée des *Etats libres & Généraux* ouverte depuis le 4 Mai dernier.

X^e.

DIEU jufte en tes décrets ! DIEU rémunérateur ?
Des auguftes Bourbons le Pere & le modele (18)
T'aima, fut de ta loi rigide obfervateur ; (19)
Et des profpérités promifes à ce zèle,
Ses vertus ont fixé la vifible faveur.
De fa poftérité révérée & féconde, (20)
On compte les rameaux par les fceptres du monde.
La gloire de fon Trône a, des peuples divers,
Jadis & de nos jours attiré l'affluence : (21)
Pour briguer fon appui, frappés de fa puiffance,
Ils ont paffé les monts & traverfé les mers.
Dans fes Etats circule une heureufe abondance. (22)
Et LOUIS, dont les foins régénerent la France,

  LOUIS formé felon ton cœur,
  Donné dans ta bonté propice,
Eft plus cher, eft béni de fes fujets en chœur,
Adoptant de ce Roi l'éminente juftice. (23)

   (*La Famille.*)

 O Dieu, que ta bonté propice
Nous conferve LOUIS formé felon ton cœur !
De l'Auteur de fa race adoptant la juftice,
  Qu'il foit béni de fes fujets en chœur !

XIe.

TANDIS que de fon Trône abaiffant la barriere,
» Ami d'un Peuple libre, & fon RESTAURATEUR,
LOUIS des plus beaux jours nous ouvre la carriere ;
De l'homme vertueux adorable lumiere, (24)

---

(18) LOUIS IX.
[19] » Beatus vir qui timet Dominum , in
 » mandatis ejus volet nimis.
[20] » Potens in terrâ erit femen ejus : gene-
 » ratio rectorum benedicetur.
[21] » Gloria
[22] » & divitiæ in domo ejus :
[23] » Et juftitia ejus manet in fæculum fæculi.
[24] » Exortum eft in tenebris lumen rectis.

Pf. CXI.
v. 1. 2.
3 & 4,

Ton Evangile, ô Christ, nous mene au vrai bonheur.
L'Orgueil rebelle, impie, en son audace altiere,
Veut éteindre, avilir ce don consolateur......
Vains efforts! Sans t'armer de ton foudre vengeur,
Vois triompher ton culte & notre foi premiere.
Il suffit que Louis, regnant par la douceur, (25)
Oppose son exemple au torrent de l'erreur:
Au pied de tes autels honorés sans contrainte,
Des deux Mondes connus ce Pacificateur,
Roi Très-Chrétien, le front couronné de splendeur,
S'incline, *Fils aîné de ton Eglise sainte*......
  Titres sacrés, Fleuron si beau,
Des grandeurs de Louis soyez toujours le sceau!

(La Famille.)

Tu triomphes, ô Foi, par nos peres transmise,
Chere *au Roi Très-Chétien, Fils aîné de l'Eglise!* ......
  Titres sacrés, Fleuron si beau,
Des grandeurs de Louis soyez toujours le sceau!

* * *

XIIe.

Je t'adresse cet Hymne, ô Vierge bienfaisante:
Favorise mes vœux auprès de l'Eternel!
De l'Empire Français Protectrice constante,
Reçois du haut des Cieux l'hommage solemnel
Que t'offre de nos Rois la piété touchante: (26)
Et jette sur Louis un regard maternel.

(Tous ensemble.)

Favorise nos vœux, ô Vierge bienfaisante,
De l'Empire Français Protectrice constante:
Et jette sur Louis un regard maternel,
Que nous implorons tous en ce jour solemnel!

---

(25) Cet exemple a éclaté dans la cérémonie religieuse qui a précédé l'ouverture des Etats-Généraux.

(26) Louis treize se mit avec sa Famille & son Royaume sous la protection de la Sainte Vierge: & en mémoire de cet hommage, ordonna une procession générale tous les ans, le 15 Août, à laquelle ses successeurs assistent avec les mêmes sentiments de piété.

ENVOI A M. NECKER.

Necker ! Louis te rend aux défirs de la France !
Chacun fuit les élans de fa reconnoiffance ;
Demain, près du Monarque en qui revit Henri,
J'aurai le doux plaifir de placer fon Sulli.

Monseigneur,

Je ne prends la liberté de vous préfenter ces foibles
expreffions de mon patriotifme , que pour y joindre
l'offre des réfultats de mon travail depuis plus de
vingt ans , fur les moyens de rectifier & fimpli-
fier la plûpart de nos loix , principalement celles qui
concernent *le commerce de terre & de mer.*

Et en vous prévenant que je me ferai un devoir de
participer en toute occafion ce que, par l'étude & l'exer-
cice de ma profeffion, j'ai acquis d'éclairciffements fur
ce qu'il conviendroit conferver ou fupprimer , modifier
ou adopter dans plufieurs parties de la légiflation Fran-
caife , je demande la permiffion de publier & d'adreffer
à l'Affemblée-Nationale , une ,, Differtation fur *l'inté-*
,, *rêt de l'argent* , diftingué de l'ufure, & admis par les
,, loix de France. ''

Le refus de cette diftinction néceffaire & juftifiée en-
tr'autres autorités morales par l'Evangile , mais com-
battue par ceux qui ne ceffent d'oppofer nos loix contre
l'ufure, en fe diffimulant & nous déguifant * celles qui
ont légitimé l'intérêt dans ce Royaume , eft un des plus
grands obftacles au progrès de notre commerce , comme
le fit obferver à la Sorbonne M. de Colbert , pendant
qu'il s'occupoit de travailler à l'Ordonnance de 1673 ,
appellée Code des Marchands. Et je tracerai une idée
fuccinte du mal que ce refus a occafionné dans tous les
temps & caufe encore aux Français.

Heureux & trop récompenfé fi je puis contribuer

---

* V. les conférences de Paris fur l'ufure , tome premier,
page 362 , où le P. Sémelier , leur auteur , a *falfifié* le texte
de l'article 17 du titre *des affurances* de l'Ordonnance de
1681.

au grand ouvrage de la régénération que, d'après votre impulsion bienfaisante, nous devrons à la sagesse de LOUIS-SEIZE, aidée du zèle & des lumieres de ces dignes coopérateurs que la Nation place autour du Trône.

JE suis avec un profond respect,

MONSEIGNEUR,

Votre très-humble, très-obéissant serviteur,

L'AIGNEL,

Syndic perpétuel de l'ordre des Avocats au Havre.

www.ingramcontent.com/pod-product-compliance
Lightning Source LLC
LaVergne TN
LVHW020433060726
842525LV00006B/2362